WITHDRAWN

Primera edición: marzo de 2016

© 2016, Elsa Punset, por el texto
© 2016, Rocio Bonilla, por las ilustraciones
© 2016, de la presente edición en castellano para todo el mundo:
Penguin Random House Grupo Editorial, S.A.U.
Travessera de Gràcia, 47–49. 08021 Barcelona
Diseño y maquetación: Araceli Ramos

Printed in Spain - Impreso en España

ISBN: 978-84-488-4564-3
Depósito legal: B-2081-2016
Impreso en EGEDSA - España

BE 45643

Penguin
Random House
Grupo Editorial

El Taller de Emociones presenta

LOS ATREVIDOS
Y EL MISTERIO DEL DINOSAURIO

Elsa Punset

Ilustraciones de Rocio Bonilla

Beascoa

Para fabricar un día chulo: una buena pizca de sueño, mucha alegría, montones de palabras veloces, saludos, prisas, algún tropezón o caída, risas, un par de sustos y, a veces, un pequeño o gran enfado…

—**No entiendo que esto me lo hayan dado a mí** —refunfuñaba Tasi esa noche, agitando un papel—. Si hay alguien en clase o en esta casa que **SIEMPRE** se ríe y **NUUUNCA** se enfada, **¡ese soy yo!** Menudos deberes: ¡tengo que pasar un día entero sin enfados y hacer un sándwich de la paz!… ¿Por qué, me pregunto, por qué? ¿Qué tendrá que ver la comida con la paz, o con no enfadarse?

Su hermana Alexia no sabía si echarse a reír o ir a buscar una manguera para apagarlo, **¡porque a Tasi se le estaba poniendo toda la cara roja!**

—¿Por qué no te miras en un espejo? ¡Si eres la imagen del enfado! A ver, déjame ver este papel que te hace tan feliz, ¡¡¡¡¡¡ —dijo con una sonrisa de hermana mayor. Y leyó con voz suave:— «**Para hacer un sándwich de la paz y alejar los enfados, tienes que encontrar alegría, muchas risas y pintarte una sonrisa grande por dentro…**» Pues para eso, para ayudarte, te han pedido en el cole que inventes este sándwich de la paz, donde puedas meter todas las cosas que te calman cuando te enfadas… Aunque, la verdad, ¡me parece que más bien te va a salir un sándwich de la excitación!

—¿Ah, sí? ¡Pues a ti tampoco se te da bien no enfadarte! ¿O es que no te acuerdas de que esta mañana, cuando te han dicho que hablabas demasiado en clase, se te ha puesto cara de pimiento picante, picante?

—**Es que a veces la profe me tiene manía** —contestó Alexia haciendo una mueca al recordarlo.

Luego se sentó en la cama, suspiró y bostezó.

—Bueno, ¿sabes qué, Tasi?, es mejor que nos vayamos a dormir, a ver si los sueños, o Florestán, nos ayudan a hacer estos deberes tan raros que te han puesto…

¡Dicho y hecho! Pis, pijama, dientes… ¡y a la cama! Tasi y Alexia terminaron de amontonar un poco los juguetes, apagaron la luz y se quedaron dormidos en un UUUUfff.

La habitación quedó bañada en una suave oscuridad. Solo se escuchaban los ronquidos de Rocky, el perro de Tasi, que como cada noche, dormía debajo de la cama de su mejor amigo...

ZZZZZ, ZZZZZ...

CHRRR, CHRRR...

RON PCHIIIIII, RON PCHIIIIII...

¿Se os ocurre una forma mejor de roncar?

Pero... ¡un momento! ¡Los ronquidos de Rocky no son lo único que se escucha! Suenan unos pasos ligeros... y se oye un suave silbido, como el de un pájaro... ¿Quién es esa gaviota que lleva gafas de aviador y mochila, y que se asoma por la ventana? ¿La conocéis?

—¡Atentos, Atrevidos, despertad! ¡Empieza una nueva prueba para las Olimpiadas de las Emociones!

—¡¡FLORESTÁN!! —exclamaron los niños saltando de la cama. ¡LOS ATREVIDOS iban a entrar en acción, iban a vivir otra aventura! Aquí estaba su guía de las emociones, Florestán, para ayudarles a lograr el desafío más difícil del mundo: ¡mejorarse a uno mismo!

10

–¡A de Alexia! ¡T de Tasi! ¡R de Rocky! –gritaron emocionados.

Al otro lado de la ventana les esperaba, majestuoso y enorme, el Barco de las Emociones. Y en un abrir y cerrar de ojos, ¡estaban todos a bordo navegando hacia su nueva aventura!

En la cubierta del barco, aclarándose la voz, Florestán anunció:

—Atrevidos, os he escuchado, y por eso no tengo ninguna duda de cuál va a ser la prueba de hoy. Esta noche, vamos a aprender a ser campeones en ganar a los enfados... Y vamos a hacerlo con la ayuda del sándwich de la paz... o sándwich antichinchante —dijo con una sonrisa de lado a lado del pico.

—Pero es que cuando me enfado es porque alguien, la maestra o... o... Alexia, pues van y me chinchan, y yo tengo que defenderme, ¿no? ¿Por qué me estáis mirando todos así?

Y a pesar de la oscuridad, Tasi ¡sintió que se estaba volviendo a poner rojo! Alexia levantó los ojos al cielo...

—No os preocupéis, de eso va la prueba —dijo Florestán sonriendo—. Luego lo entenderéis. Pero, para poder empezar, tengo que presentaros a... a... MMM, vaya, ¿dónde están estos...? OOOh, un momento, ahora vengo.

Y Florestán desapareció por la cubierta del barco. Álex y Tasi se quedaron apoyados en la barandilla, mirando cómo su barco se cruzaba con otros barcos que iban rumbo a otras pruebas... De repente,

13

algo pasó de refilón a su lado. Se dieron la vuelta y… ¡¡qué susto!! Tenían tres sombras detrás de ellos: una, igual de alta que Alexia… otra, más bajita y con flequillo… y la tercera, ¡pequeña y peluda!

Tasi dio un salto, se pegó a Alexia y le pisó la cola a Rocky. ¡Menudo lío armaron en un momento!

Las sombras, en cambio, estaban muy tranquilas y los miraban con distancia, como hacen a veces los gatos o los camellos…

—Pero ¿te has fijado en lo gritones y saltones que son? ¡Qué rollo tener que pegarse a ellos! ¡Cuánto trabajo nos va a dar! ¡¡Puf!! —murmuró la sombra del flequillo.

—Aguantarlos, soportarlos y escucharlos una y otra vez. ¡¡Arghhh!! —suspiró la sombra más alta—. ¡Qué pesadez de trabajo!

—A ver, **¿vosotras quiénes sois?** —preguntó Alexia, entre asustada y enfadada—. **¡Qué chinchantes y desagradables parecéis!**

—Oye —la interrumpió la sombra larga—, un respeto, que trabajamos para la Organización. Si tienes algún problema, habla con el supervisor.

En ese momento se oyó la voz jadeante de Florestán, que venía corriendo desde el otro lado del barco.

—Pero ¿qué está pasando aquí? —exclamó muy molesto, mirando a las sombras—. ¡Os llevo buscando un buen rato! Os había dicho que me esperaseis para poder presentaros a LOS ATREVIDOS.

—De eso hace muuucho, y a nosotras no nos gusta perder el tiempo —contestó la sombra del flequillo.

Florestán suspiró.

–Estos Muchachos Son Una Dura Prueba –dijo marcando todas las letras. Luego se inclinó hacia los Atrevidos, añadiendo a media voz:– Creo que confunden trabajar con molestar… –y poniéndose tieso de nuevo, dijo alto y claro:– ATREVIDOS, os presento a vuestras Sombras Chinchantes. Su trabajo esta noche es enfadaros. Pero yo os daré trucos antichinchantes para no perder el buen humor.

–¿Chombras Chinchantes? –repitió Rocky con una sonrisa enorme en el hocico. Como cada noche de aventura, él ya hablaba el lenguaje de los humanos…

–Mira que te muerdo –ladró la sombra peluda, molesta.

–¿No podemos hacer la prueba sin ellas? –protestó Tasi–. ¡Son muy antipáticas! ¡Parece que quieren pelea!

–¡Es normal, siempre nos peleamos! –intervino la sombra más alta–. Por eso somos chinchantes. –Y las otras dos sombras asintieron con entusiasmo.

–**Si mi sombra me molesta, ¿puedo morderle la cola?** –preguntó Rocky, harto de que la sombra peluda le estuviese olfateando.

–¿Y qué consigues con eso? –contestó Florestán–. Así solo conseguirás que ella te muerda a ti. Lo que necesitáis son trucos para no enfadaros, ¡ingredientes para hacer vuestro sándwich de la paz! Y los vamos a encontrar mientras visitamos el Museo de Ciencias, que es donde vamos a hacer la prueba de esta noche.

—¡Pero los museos cierran por la noche! —observó Alexia.

—¡Pues esta noche vas a descubrir qué pasa dentro de los museos cuando están cerrados! —contestó Florestán, guiñándole un ojo.

En ese momento, el Barco de las Emociones se detuvo y una gaviota, subida a lo alto del mástil, gritó: «¡Parada del Museo!».

—¡Hemos llegado! ¡Todos abajo! —ordenó Florestán.

LOS ATREVIDOS y las sombras chinchantes bajaron la escalerilla del barco un poco desordenadamente.

—¡No te cueles! —dijo Tasi.

—¡No me pises! —protestó Alexia.

—¡No me empujes! —gruñó Rocky.

Llegaron ante una gran puerta.

—ASCARCHOF,

ASCARCHOF,

OH, PUERTA MÁGICA,

¡HAZ PATAPOF! —gritó Florestán.

Y, de golpe, la puerta se abrió de par en par.

—**¡Guau, qué pasada!** —exclamó Alexia.

Rocky se rio por dentro, pensando: «**Cuando algo les impresiona, los humanos hablan perro... ¡Guau, guau!**»

Entraron en una sala con una bóveda de cristal enorme, a través de la cual se veían la luna y las estrellas. Y en el centro, justo debajo de la bóveda, había un esqueleto gigante.

–¿Impresionante, verdad? –observó Florestán–. Este esqueleto es de un dinosaurio. De un Tiranosaurio Rex. ¿Sabéis qué eran los dinosaurios?

–**¡Yo lo sé, yo lo sé!** –dijo Rocky, emocionado ante aquella cantidad de huesos–. **¡Eran unos lagartijos muy grandes que vivieron hace millones de años, pero que ya no existen!**

–¡Son como los primos de los cocodrulos! –añadió Tasi.

La sombra chinchante del flequillo se echó a reír.

–¡Mírales, qué tontos! ¡Si ni siquiera saben hablar! ¡Lagartijos! ¡Y se dice cocodrilos, no cocodrulos!

LOS ATREVIDOS empezaron a protestar, pero Florestán intervino sin dudarlo.

–**¡No, no! ¡Así sí que no!** Esta noche no valen los gritos, los lloros, ni las protestas. Podéis explorar juntos el museo, pero cuidado con no tirar nada, porque vendrían los guardas del museo, os echarían, **¡y final de la prueba!** –Y, bajando la voz, añadió:– Tenéis que lograr hacer esto sin enfadaros, aunque las sombras van a intentar...

Pero no pudo terminar lo que estaba diciendo. ¡Un tremendo ruido, seguido de una gran nube de polvo, lo llenó todo! Cuando se disipó un poco la nube de polvo, miraron a su alrededor... ¡Había un montón de huesos junto a los pies del dinosaurio!

–**¡Rocky ha desaparecido!** –gritó Tasi, muy preocupado.

Pero entonces, les pareció que el montón de huesos se empezaba a mover... **¡y que ladraba!**

Alexia comprendió lo que había ocurrido: «Huesos, perro...».

–**¡¡Rocky!!** –gritó–. Sal de ahí debajo inmediatamente. **¡Menudo desastre has organizado!** Y ahora, ¿qué hacemos? ¿Cómo arreglamos todo esto?

Rocky apareció completamente gris de polvo, pero feliz y sonriente, **¡y con un hueso enorme entre sus dientes!**

–No ze fongas afi, Afexia. Ha fido folo un fequeño acfidente...

El lío era considerable: en la penumbra del museo, las sombras chinchantes se empezaron a tirar huesos, y Alexia y Tasi perseguían a Rocky, que no quería soltar su hueso...

–¡Calma, calma! –ordenó Florestán, levantando la voz por encima del barullo–. ¡Os van a echar del museo sin haber superado la prueba de esta noche! Arreglad todo este lío antes de que vengan los guardas.

–Hay que volver a montar la cola del dinosaurio –dijo Alexia.

Enseguida se repartieron el trabajo. Rocky hizo lo que mejor sabía hacer: olía los huesos y los iba poniendo en orden. Alexia, con la ayuda de una foto que había encontrado en un folleto del museo, decía dónde iban los huesos de la cola del pobre Tira, que era como llamaban ya al dinosaurio. Tasi se había subido a una escalera y, muy orgulloso, juntaba los huesos y los unía con alambre.

LOS ATREVIDOS estaban concentrados y solo se oía: «Pásame este hueso», «Aquí no va, porque esto es plano y el que me das tiene puntirritas», «Pero, ¿qué dices, Tasi?», «Puntirritas. Cada día sabes menos cosas»… Y, poquito a poco, fueron reconstruyendo aquella cola.

En el primer intento de reconstrucción, la cola del dinosaurio quedó muy espachurrada… En el segundo, parecía que al dinosaurio le hubiera salido una oreja entre la patas… En el tercero, la cola tenía pinta de flecha… ¡Los niños y Rocky se estaban poniendo de los nervios! Al final, se dieron cuenta de que la cola no les quedaba bien porque… ¡les faltaba el hueso de la punta! Pero por más que Rocky buscaba y rebuscaba, el hueso de la punta no aparecía.

—Espera, espera, Rocky, ¿no lo habrás hecho desaparecer tú mismo, con esa manía que tienes de ir escondiendo y enterrando cosas para cuando llegue el invierno? Seguro que sí. **¡Ya tenemos al culpable!** —exclamó Alexia.

— **¡No, Rocky no es culposo!** —protestó Tasi enfadado, que siempre defendía a su amigo. Rocky, muy dolido porque lo volvían a acusar de algo que no había hecho (**y eso sí que chincha…**), dio un par de ladridazos que hicieron temblar los cristales del museo.

—**Querrás decir «culpable», Tasi** —le corrigió su hermana.

Entretanto, las sombras habían desaparecido en la penumbra del museo… ¿Dónde estaban? ¿Qué andaban haciendo? ¿Por qué no ayudaban o hacían lo suyo, o sea, chinchar?

—**MMMM** —dijo Alexia, rascándose la oreja para pensar mejor—. Ni rastro de hueso, ni de sombras… Sospechoso, ¿no? **¡Qué chinchantes son estas sombras!** ¡Vamos a buscarlas! Pero, cuidado, **¡nada de peleas!** Tenemos que calmarnos. ¿Se os ocurre algún truco antichinchante?

—**A mí la profe, para el sándwich de la paz, me enseñó el truco de respirar hondo** —dijo Tasi—. Se hace así: nos ponemos tiesos, plantados como si fuésemos árboles en el suelo (puedes elegir tu árbol favorito: un sauce, un ciprés, un baobab, un naranjo, da igual…) Y ahora, mientras tomas aire por la nariz, cuentas hasta tres en tu cabeza… **Uno, dos, tres… Así, hinchas la tripa…** y ahora sueltas el aire muy despacio, el doble de despacio… **Cuentas uno, dos, tres, cuatro, cinco, seis…** (mejor si haces ruido). Si quieres –añadió muy orgulloso–, puedes imaginar que el humo que echas por la boca es un humo «enfadado», de color oscuro… Y, en cambio, el humo que respiras por la nariz es un humo limpio, de colores y muy alegre… **¡Elegid el color que más os guste!**

LOS ATREVIDOS respiraron varias veces con el truco antichinchante de Tasi. Al poco rato, todos se habían calmado y relajado. **No era magia, ¡pero lo parecía!**

Florestán, que había seguido los acontecimientos desde el fondo de la gran sala, **aplaudió con la fuerza de sus grandes alas: «Flac, flac, flac, flac»**, oyeron los niños y Rocky.

–¡Muy bien hecho, Atrevidos! ¡Ahora sí que podéis ir en busca de las sombras y resolver el misterio! –exclamó.

LOS ATREVIDOS cruzaron muchas salas, algunas llenas de cuadros, otras de espejos, otras de máquinas extrañas… hasta que llegaron a una sala húmeda y caliente, llena de árboles y plantas.

–¡Mirad! –exclamó Alexia–. **¡Esta sala está llena de mariposas!**

Por todas partes volaban miles de mariposas de colores, grandes, pequeñas, enormes, rosas, azules, de rayas… ¡Y las mariposas se les acercaban y se posaban sobre sus manos, nariz y cabeza!

–¡Tengo una mariposa en la cabeza! –gritó Tasi.

–¡Y yo en la mano! –exclamó Alexia levantando su mano hacia el techo para verla mejor.

Rocky empezó a hacer las carrerillas que tanto le gustaban, regateando obstáculos y mariposas hasta que ¡PATATUMBA! ¡ZASCALETA! ¡FATAMPLAF!...

—¡Auuuuuuu! —aulló Rocky. Se había dado un golpe contra la máquina de electricidad estática.

Alexia se acercó para ayudarle y leyó en un cartel:

«PONED LAS MANOS EN LA ESFERA DE COBRE,
Y SE OS PONDRÁN LOS PELOS DE PUNTA.»

– ¿Los pelos de punta? A ver, prueba tú –le dijo Alexia a Tasi.

Entonces Tasi puso las manos sobre la gran bola y ¡¡¡¡FIUFFFFFFFF!!!! ¡La máquina se encendió y los pelos de Tasi se pusieron de punta!

La luz de la máquina iluminó toda la sala.

–Pero bueno, mirad quien está escondido aquí detrás... ¡Las sombras chinchantes desaparecidas! –exclamó Alexia mirando a las sombras, agazapadas detrás de un arbusto...

–¿Dónde está el hueso? ¿Por qué os lo habéis llevado? –preguntaron LOS ATREVIDOS a las sombras.

–Ni lo diremos, ni lo sabemos, ni lo contaremos, ni lo hemos visto, ni nada de nada... –aseguraron las sombras negando con la cabeza–. Nosotras no hemos sido las que hemos escondido el hueso pequeño de la punta de la cola del dinosaurio que tiene dos trozos a los lados y...

–¡Ajá! ¿Y cómo sabes qué hueso falta, sombra? ¿Lo has soñado, listilla? –exclamó Alexia muy enfadada.

–Cálmate, Alex –le dijo Tasi–. ¡Usa un truco antichinchante! –Tasi se puso a pensar si recordaba otro de los que le había enseñado su profe–. ¡Ya sé! Cierra los ojos e imagina que tienes

un semáforo en la cabeza. Cuando estás enfadada, tu semáforo está en rojo, así que ¡cuidado! ¡Para! ¡No hagas ni digas nada!

Su hermana cerró los ojos y se concentró en el semáforo.

—**Y ahora, despacito, pasa el semáforo a color naranja** —continuó Tasi—. ¿A que ya estás menos enfadada? **Ahora tu semáforo está en verde** ¡y puedes abrir los ojos!

–¡Un truco genial! –exclamó Alexia cuando terminó de poner en práctica el truco antichichante de Tasi–. **Pues ahora vamos a dejar a las sombras aquí, a oscuras, para que sean invisibles y no puedan chinchar a nadie más.**

–**¿Y cómo encontraremos el hueso?** –preguntó Rocky.

–Vamos a ver, Rocky. Tú ladras, tienes cuatro patas, rabo, la nariz húmeda y levantas una pata para hacer pipí, ¿verdad?

–**Un diez, ¡lo has acertado todo!** –dijo Rocky de buen humor.

–Pues si lo he acertado todo, quiere decir que eres un perro… y los perros tenéis olfato… y el olfato sirve para seguir pistas, así que… **¡Tú puedes oler el dinosaurio y seguir la pista hasta que encuentres el hueso que falta!**

¡Dicho y hecho! ¡Rocky salió disparado tras el rastro del hueso! En pocos minutos, encontró una pista que le llevó hasta un inmenso jarrón chino que olía un montón a Tiranosaurio… El resto ya os lo podéis imaginar: rescate del hueso, hueso pegado y ¡cola reparada!

Después de pensarlo mucho, LOS ATREVIDOS decidieron encender las luces y perdonar a las sombras, que prometieron ser simplemente eso: sombras pegadas a sus dueños sin chinchaduras de ningún tipo. Habían entendido que los niños podían hacerlas desaparecer con un simple clic en el interruptor de la luz…

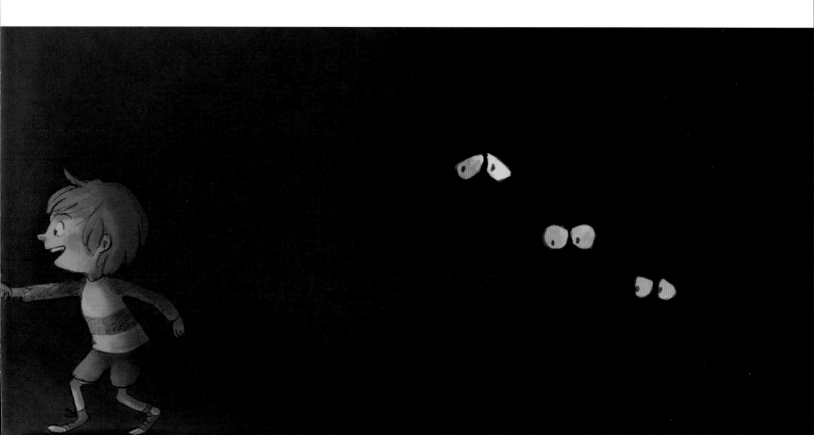

—¡Fantástico trabajo el de hoy! —les dijo Florestán cuando terminaron de reparar la cola del dinosaurio—. Habéis aprendido que hay cosas o personas que nos pueden poner de muy mal humor, pero que nosotros podemos ser más fuertes que nuestro enfado. ¡Prueba superada! Y justo a tiempo: está amaneciendo y tenemos que prepararnos para regresar.

—¡Es una lástima que el Tiranosaurio Rex se haya extinguido! —dijo Tasi—. Le hubiéramos preparado un sándwich de la paz para chuparse los dedos…

—¿Y qué ingredientes le pondríais? —preguntó Florestán.

—Uno podría ser contar despacio hasta diez antes de contestar a su sombra —dijo Alexia.

—Y otro que dibuje o cuente chistes cuando note que su sombra está consiguiendo enfadarlo —dijo Tasi—. A mí eso siempre me calma. Por cierto, ¿queréis que os cuente uno?

—¡¡¡¡No!!!! —contestó la sombra del flequillo, cruzándose de brazos.

—¿Cómo llama un dinosaurio a un erizo? —preguntó Tasi de todos modos.

—¡Ese chiste se lo sabe hasta un pelícano! —rio Florestán—. Un dinosaurio a un erizo lo llama… **¡cepillo de dientes!**

—Y vosotras, ¿conocéis un buen ingrediente para este sándwich? —preguntó Alexia dirigiéndose a las sombras.

—Después de tanto chinchar, he aprendido varios trucos —confesó la sombra más larga—. Por ejemplo, me encanta hacer castillos de naipes… Lo malo es que cuando los hago, me olvido de chinchar, y es una faena. ¡No puedo hacer las dos cosas al mismo tiempo!

—¡Buen ingrediente, sombra! Hacer algo que te gusta mucho ayuda a olvidar que estás enfadado… —apuntó Alexia.

La sombra del flequillo y la sombra peluda miraron indignadas a su compañera.

—Pero ¿qué haces ayudando a LOS ATREVIDOS a conseguir medallas de campeones en las **OéOé**? —le regañaron.

—¡Eh! ¡Que yo no quería ayudar! ¡He caído en una trampa! —protestó ella.

—¡Ya tenemos un montón de trucos! —aplaudió Florestán—. ATREVIDOS, Sombras, para acabar la noche, os voy a dar un supertruco antichinchante para vuestro sándwich de la paz. —Y entonces sacó de su mochila una tableta, tecleó rápidamente y una música muy marchosa inundó la sala del museo.— ¡Chan patachán, este es el ritmo de Florestán! ¡Bailemos! —dijo riendo.

Y, en pocos segundos, todos, incluso las sombras, estaban bailando sin rastro de enfado.

¡HASTA PRONTO, ATREVIDOS!

¿Qué es la ira? La ira es una emoción básica y universal que aparece cuando sientes que tú, o algo o alguien que te importa, está siendo atacado o insultado. También mostramos ira –y esto es muy corriente en la infancia– cuando nos sentimos inseguros, injustamente tratados o cuando se nos impide conseguir nuestros deseos o metas.

¿Es corriente la ira? ¡La ira es una emoción muy común! Los expertos sugieren que tendemos a sentir emociones cercanas a la ira –irritación, enfado, indignación…– entre 3 y 15 veces al día. Pero cómo gestionamos esta emoción explosiva varía mucho de persona a persona, ¡y marca toda la diferencia!

Las señales físicas de la ira. Cuando nos enfadamos (como cuando tenemos miedo), se dispara el reflejo de «huir o agredir» y, literalmente, nos «calentamos»: la ira genera un subidón de hormonas estresantes como la adrenalina y el cortisol, el cerebro dirige más sangre a los músculos para prepararlos para la huida o la agresión, se incrementa la respiración, el corazón late más deprisa, sube la presión arterial, sube la temperatura corporal, transpiramos, sentimos ansiedad…

Es lo que el psicólogo Daniel Goleman llama el «secuestro emocional» de la ira, una respuesta automática y emocional del cerebro, que nos puede llevar a hacer cosas de las que nos arrepentimos al poco tiempo… Los neurocientíficos hablan del «cuarto de segundo mágico», en el que aún estamos a tiempo de enfriar la ira y calmarnos antes de que nos «secuestre». Como todas las emociones, ¡la ira se puede aprender a gestionar y regular!

La ira puede ser una emoción útil y positiva. La ira puede ser útil y positiva cuando es el germen de la justicia social, porque nos da fuerzas para defender aquello en lo que creemos, o de lo que somos responsables.

PARA AYUDAR A TUS HIJOS A GESTIONAR LA IRA Y LOS ENFADOS

1. Como siempre, tú eres el modelo. Los niños aprenden cómo regular sus emociones mientras conviven con nosotros. No importa lo que les decimos que tienen que hacer, sino lo que ven que hacemos en realidad cuando nos enfadamos.

2. Cultiva regularmente la serenidad y la calma. Encuentra tiempo de relajación regularmente para ti, para que tengas reservas de serenidad y calma ante los momentos de crisis. No es un lujo, ¡es una necesidad!

3. Habla de todas las emociones con tus hijos: ¡Hablad libremente de las emociones que nos rodean a diario! Sobre todo, de las emociones más explosivas y vergonzantes –de las del niño, de las tuyas, de las de las personas que os rodean…

4. ¿Cómo puedo reaccionar ante una rabieta de un niño pequeño? ¡No grites, no huyas, no cedas! ¿Por qué no son recomendables estas reacciones? Porque son una forma de recompensar su ira y se convertirán en un recurso fácil que volverá a usar una y otra vez. Tu hija o hijo debe aprender que, aunque sentir ira es natural, no lo es reaccionar de forma agresiva y dañar a los demás. Baja físicamente al nivel del niño y, sin gritar, con la voz lo más tranquila que puedas, dile claramente lo que ha hecho mal: «Ana, pegar a tu hermano está mal.»

5. ¿Cómo puedo reaccionar ante la ira de un niño más mayor? Cuando se haya calmado, usa la «escucha activa»: deja que hable sin interrumpirle, mirándole con calma y cariño, y evita juzgarle. Pregúntale cómo puedes ayudar: «¿Qué crees que podríamos hacer mejor la próxima vez?». Generalmente, cuando un niño mayor sigue teniendo rabietas o pierde el control, es porque necesita aprender las habilidades y estrategias necesarias para resolver problemas y expresar sus enfados. Estas habilidades y estrategias se adquieren con la práctica y el tiempo.

CAJA DE ESTRATEGIAS

Además de ayudar al niño a encontrar soluciones racionales, otras estrategias para gestionar mejor la ira incluyen ayudarle a poner nombre a sus emociones, enseñarle a expresarlas de forma constructiva, no prestar atención a los comportamientos inapropiados, distraer al niño pequeño para llevarle a comportamientos más positivos, usar habitualmente el buen humor y el juego, saber consolar al niño cuando lo necesita, imponer de forma justa y coherente consecuencias y límites a su comportamiento, y darle estrategias para gestionar sus enfados.

1. La respiración y la relajación. Esta es una estrategia magnífica para calmar los síntomas de la ira y ayudar al niño a gestionar las emociones más intensas, en cualquier momento. Para enseñar a los más pequeños a respirar profundamente, podemos usar un molinete de viento o un bote para hacer burbujas, o pedirles que se tumben en el suelo con una mano o un peluche sobre el vientre, para observar cómo se eleva cuando inspiran. En cualquiera de estos casos, se inspira hinchando la barriga, despacio; se retiene la inspiración un par de segundos…, y se expira dando movimiento al molinete (si lo está usando).

2. Caja para calmarse. Es una actividad divertida que podemos proponer durante un rato de tensión, una espera o para aliviar pensamientos negativos. Se trata de fabricar una caja (se puede usar, por ejemplo, una caja de zapatos u otra más grande), decorarla y llenarla de aquello que nos ayude a relajarnos y calmarnos, objetos agradables de tocar y oler: una manta o un cojín suave, un peluche, un puzle o un libro de pasatiempos, purpurina y material para fabricar tarjetones y escribir cartas o dibujar, un molinete para soplar y respirar, un CD de música agradable… Para niños algo mayores, resultan adecuados objetos que les ayuden a centrar la atención, como un cubo de Rubik o su libro favorito.

3. La torre. Con esta actividad, el niño crea una imagen visual de su problema, y puede «encerrarlo» simbólicamente en una torre. Lograr visualizar el problema como algo separado y aislado puede ayudar al niño a relajarse y reflexionar.

4. Las cartas poderosas. Los niños pueden fabricar pequeñas cartas con información práctica que les permitan recordar, ante situaciones difíciles, qué cosas les ayudan a gestionar y expresar sus emociones más intensas, como la ira o el miedo.

5. El pulpo tranquilo. Los niños dibujan un pulpo con ocho tentáculos. Este pulpo ha entendido que, cuando está enfadado, soltar tinta negra ensuciándolo todo es un truco que solo debería usar en casos muy extraordinarios, ¡cuando quiere huir!... ¿Qué puede hacer el pulpo si está enfadado y no quiere soltar la tinta para no mancharlo todo? En cada brazo, apuntamos una estrategia alternativa al uso de la tinta, por ejemplo: tumbarse, apretar los puños suavemente y soltarlos después, ir a un lugar tranquilo, meditar, respirar hondo, pensar en algo que nos hace reír o que nos gusta mucho, bailar…

6. El bote anti-enfados. Se trata de llenar un bote transparente con arroz de colores. Dentro, el adulto ha metido trozos de cartón duro con palabras que describen una estrategia anti-enfado: «RELAJAR», «RESPIRAR», «CONTAR HASTA 10»… Los niños tienen que encontrar todas las estrategias agitando el bote. Este juego suele gustar mucho a los pequeños y es útil porque el tiempo que emplean distraídos con el bote anti-enfados les permite recuperar un poco de calma.

OTROS ANTÍDOTOS PARA LOS ENFADOS

- Contar hacia atrás de 10 a 0 (contar hacia atrás exige al niño concentración y, por tanto, le ayuda a apartar la mente de lo que le enfada).
- Imaginar que somos una mosca que está en la pared y que observa la situación (el niño practica distanciarse de las situaciones para evaluarlas con mayor objetividad).

- Hacer ejercicio, o jugar, o bailar… ¡para soltar energía!

- Decirse a uno mismo auto-afirmaciones relajantes: «Está bien. Cálmate. Relájate». Los estudios muestran que pueden ser eficaces para evitar el secuestro emocional.

- Tumbarse y hacer un ejercicio de relajación como, por ejemplo, tensar una parte del cuerpo y relajarla, recorriendo poco a poco todo el cuerpo.

- Usar un mensaje del yo: con este tipo de mensajes, evito acusar al otro. En vez de esto, expreso mis sentimientos («Yo me siento mal»), mis opiniones («Yo opino que...»), mis deseos y preferencias («Me gustaría que...») y propongo una solución concreta.

- Generar pensamientos e imágenes relajantes (estoy en la piscina…, en la playa…, paseando con mi perro…, abrazando a mi madre…).

- Evitar todo aquello que nos enfada (podemos hacer un mapa de la ira o un diario del estrés para detectar qué cosas nos enfadan más).

HAZLO TÚ MISMO

Como los Atrevidos, ¡haced un **sándwich de la paz** con vuestras estrategias favoritas! Esta actividad puede adaptarse a cualquier emoción o habilidad: ¿quieres hacer un sándwich del respeto, o tal vez un sándwich variado, con las emociones que se te han mezclado en ese momento?

Los lóbulos frontales de los niños –que es la parte del cerebro donde se genera el pensamiento secuencial, la lógica y la capacidad de prestar atención y de controlarse– están muy inmaduros hasta que tienen, al menos, 6 años. Después, la maduración de esta región sigue siendo lenta, así que, ¡paciencia! y ¡a entrenarse!

Entre 3 y 5 años: El psicólogo Edward Christophersen aconseja que si el niño se está enfadando, juguemos a hacer pompas con él. Este juego requiere inspiraciones largas que le ayudarán a calmarse. Practica el juego durante unos días, y ten a mano el bote de pompas cuando se avecine un berrinche. ¡También podéis jugar a hacer pompas imaginarias en cualquier lugar!

Entre 6 y 8 años: Claudia Gaze, de *Second Step*, recomienda que a estas edades enseñemos al niño a cambiar el foco de atención para calmar las emociones más intensas. ¿Cómo? Ayuda a tu hijo a poner nombre a lo que le enfada («Me empujan», «Se ríen de mí»); después, enséñale a distanciarse de estos estímulos negativos con autoafirmaciones («Yo puedo manejar esto», «No pierdas la calma»). Finalmente, ensayad formas de responder apropiadas «Es mi pelota. Por favor, devuélvemela».

Entre 9 y 12 años: La doctora Myrna Shure, autora del libro *Thinking Parent, Thinking Child*, aconseja crear en el niño el hábito de pensar antes de enfadarse. ¿Cómo? Por ejemplo, haciéndole preguntas abiertas (que no pueden contestarse con un monosílabo), que le animen a solucionar problemas. Después de un enfado, dale tiempo para calmarse y pregúntale: «Es normal sentir ira, pero ¿qué ocurrió cuando te enfadaste?, ¿qué podrías hacer si volviera a ocurrir?».